karactère(s)

ISBN : 978-2-02-097198-0
N° : 097198-1

Loi n° 49-956 du 16 juillet 1949 sur les publications destinées à la jeunesse.

Jean-Marie Defossez

Un présent imparfait

Seuil

Pourquoi j'ai écrit ce livre…

Pourquoi ? En souvenir d'une jeune fille, amour de mes vingt ans, qui, faute d'être comprise, décida un jour de partir vers ce que certains imaginent être la lumière et d'autres le néant. L'anorexie est souvent présentée comme une souffrance du corps et de l'image de soi. À mon sens, elle est d'abord et avant tout une douleur d'âme en manque d'amour et de vérité. Celles et ceux qui l'éprouvent lancent à leur manière, j'en suis convaincu, un appel au monde ; un appel à vivre ensemble et à grandir avec plus de cœur et de vérité. À travers ce roman, de sa première page-colère à sa dernière phrase tournée vers le renouveau et l'espoir, je tente de rendre hommage à leur combat. Dans tous les cas, merci à vous, lecteurs, d'être là.

Jean-Marie Defossez

Automne

Jour J

J'en ai marre de ce monde de merde. La chasse aux baleines, les forêts qu'on détruit, l'égoïsme et la lâcheté des gens... Tout me dégoûte et me donne, au propre et au figuré, envie de gerber.

J'ai dix-huit ans et je refuse de faire partie plus longtemps de ce présent qui se conjugue à l'imparfait. Tout ce qui vient de lui et entre en moi doit ressortir, de gré ou de force. De gré, c'est-à-dire que je recrache, de force, que je suis prête à me faire vomir.

J'ai aujourd'hui dépassé les limites de ce que je pouvais supporter. Le temps d'un dernier bilan, d'une dernière colère dans ma tête et je vais en finir.

Pourquoi personne ne m'a jamais comprise ?

Tout le monde en parle de l'anorexie. On décrit de pauvres filles qui s'enfoncent les doigts au fond de la gorge. On vous fend le cœur en vous racontant par le menu l'acidité de ce qui ressort. Votre estomac se noue en pensant à leurs douleurs, et vous vous dites : « Ces filles qui ne savent plus manger... c'est terrible. »

Une anorexique, ce n'est pas *ça.*

Je ne suis pas *ça.*

Je ne vomis pas pour souffrir. Je vomis pour me soulager d'un mal de vivre si violent que les spasmes d'estomac et le goût de bile ne sont, à côté, croyez-moi, que des broutilles...

L'anorexie n'est pas le problème d'être trop maigre ou de refuser de grossir. C'est d'abord une douleur de l'esprit, un mal dont *personne ne se sort seul et qui tue.* Je l'ai lu : un tiers des filles qui sont atteintes s'y enfonceront lentement jusqu'à la mort. Un tiers ! Un autre tiers traînera ça toute sa vie. Seul le dernier tiers en réchappe. J'ignore comment elles y parviennent.

Un jour, ma mère s'est fâchée en voyant que je ne mangeais pas. Elle s'est lancée dans un grand discours afin de me faire comprendre qu'il y avait « plus malheureux que moi ». Qu'on se cale bien une chose dans le crâne : il n'y a pas plus malheureux qu'une anorexique, même pas une autre anorexique. Vous n'aiderez aucune d'entre nous en évoquant le massacre des bébés phoques, les enfants morts de faim, ni même la Shoah. Au contraire, vous nous enracinerez plus encore dans notre douleur d'exister car, justement, c'est le fait que de telles atrocités soient possibles qui rend insupportable notre humanité.

J'avais sept ans lorsque j'ai pris conscience pour la première fois de ce que j'appelle aujourd'hui « l'imperfection du présent ». Au hasard d'un jeu avec une amie, je suis entrée sans frapper dans la chambre de mes parents. Mon père était dans le lit, nu, avec, à ses côtés, une femme que je ne connaissais pas.

L'amour de mes parents était donc faux ! Quel choc !

À dater de ce jour, je commençai à mesurer autour de moi la place effrayante accordée aux apparences, aux égoïsmes, aux silences. Je découvris bientôt le visage caché du monde : un visage aux traits de mensonge et de lâcheté, désert aride où l'amour – cet arbre extraordinaire – est réduit à un bonsaï rabougri. Mon père, toujours plongé dans son travail, confond aimer et disposer. Jamais il ne m'a déclaré « Isabelle, je t'aime ». Il se contente de répéter que je suis *sa* fille et que cela veut tout dire. Quant à ma mère, elle sait depuis toujours qu'elle est trompée par son mari. Elle laisse faire et, pour cela, je lui en veux jusqu'au fond de mon être. Elle a beau dire qu'elle m'aime, le vrai amour tire vers le haut, le sien est si faible qu'il ne vaut rien !

J'ai bien tenté de mendier hors de chez moi quelques miettes d'amour vrai et de vérité. Bien mal m'en a pris. Ma soi-disant meilleure amie est partie un soir avec mon petit ami. Le seul moyen que j'ai trouvé pour survivre est de me couper, morceau par morceau, de ce monde et de mes ressentis. Plus rien du monde ne devait me souiller, afin de rester pure, je ne devais plus rien manger. Aujourd'hui, mon corps n'est plus qu'un puzzle en pièces détachées. Mon poids s'est envolé. Nous sommes enfin le jour J.

Je n'ai même pas peur...

Hormis la colère et le froid, je ne ressens plus rien.

Je ne suis plus rien.

J'ai emprunté un tube de barbituriques à une

femme insomniaque chez qui j'ai fait du baby-sitting. J'ai pris un médicament pour ne pas vomir.

J'avale les cachets un à un et m'allonge sur mon lit, mes écouteurs et une chanson rock dans les oreilles.

Adieu, présent imparfait. Je m'en vais sans regrets. Ou plutôt si, un seul, celui d'avoir été nulle au point de ne pas avoir eu le courage de te quitter plus tôt.

Jour J + 1

Je flotte dans le néant. Il fait froid. Je ne pèse rien. Je ne vois rien. Je ne sens rien. Il y a juste des voix dans le lointain. Quelque chose pèse sur ma main gauche et me tire.

– Mademoiselle ?

Je ne vois toujours rien. La voix est pourtant toute proche. J'ouvre les yeux. Une lumière aveuglante me frappe comme une gifle. Un barbu en blouse blanche apparaît.

– Vous avez eu beaucoup de chance, mademoiselle. Il s'en est fallu de peu que votre cœur s'arrête.

Comprends pas... Que fiche ce type dans ma chambre ?

J'inhale quelques bouffées d'air. Mon cerveau se désembrume. Mon suicide, les barbituriques... Je ne suis pas dans ma chambre, mais dans un lit d'hôpital. Je n'ai même pas été capable de me ficher en l'air. Nulle, je suis trop nulle...

Pas le temps d'achever ma pensée, mes parents débarquent :

– Ma chérie ! s'exclame ma mère en se jetant vers moi.

Elle m'entoure de ses bras. Je me sens comme une poupée dans un corps désarticulé. Elle me serre contre elle à me faire mal, à m'étouffer, et se met à pleurer. Qui est censé consoler qui dans cette histoire ? Elle ne pourrait pas sourire au lieu de jouer les Madeleines ? Et mon père, pourquoi reste-t-il planté là à nous regarder d'un air gêné ?

– Nous... nous avons eu si peur, bredouille ma mère.

Peur ? C'est quoi la peur ? Ça fait tellement longtemps que je n'éprouve plus rien de tel...

Hé ! hé, pincez-moi, je rêve ! Mon père vient de poser la main sur l'épaule de ma mère. Quel effort ! Quelle performance ! Lui qui ne lui a plus dit « je t'aime » depuis des années et qui n'ose plus la toucher.

La mâchoire m'en tombe !

Ma mère renifle, se mouche, cherche mon regard et murmure, les yeux rouges :

– Isabelle, je t'en prie, explique-moi...

Jour J + 1 (suite)

Mes parents sont repartis. Je me sens vidée. J'ai, paraît-il, échappé au cercueil d'extrême justesse. C'est ma mère qui m'a découverte allongée sur le lit. Je n'avais pas fermé la porte à clé. Elle voulait m'embrasser avant de se coucher. J'ai été bonne pour une admission aux urgences et une série de lavages d'estomac.

Le médecin leur a demandé de me laisser souffler. Ils n'ont rien voulu entendre. Ils semblaient tomber des nues de me voir à l'hôpital. Voilà pourtant des années que je me noie devant leurs yeux. À plusieurs reprises je leur ai dit que je me sentais mal dans ma peau. Combien de fois ai-je quitté la table sans toucher à mon assiette ? Ma mère n'y a jamais vu qu'un problème alimentaire.

– Faut manger, ma chérie, sinon tu vas dépérir.

Mon père, lui, n'a rien vu, rien entendu. Depuis longtemps, il n'y a que le travail qui compte dans sa vie. À la maison, il est devenu un vrai fantôme. L'un des plus brillants architectes de la capitale. Belle consolation à ses ruines familiales !

Là, tout d'un coup, ils se sont quand même rendu

compte que *ça ne rigolait plus*... Que j'étais *vraiment* mal. Du coup, plus moyen de les arrêter. Ils m'ont assaillie jusqu'à ce que j'aie dit oui. Oui pour aller dans un centre à ma sortie d'hôpital. Un centre spécialisé dont mon père a entendu parler.

– C'est pas un asile, a-t-il précisé, toujours à cheval sur les mots, juste un lieu de cure pour les troubles anorexiques.

Je n'ai pas dit oui pour leur faire plaisir. Je ne sais plus ce que c'est le « plaisir ».

Je ne l'ai pas fait non plus par peur de mourir. Pour ce que j'ai à perdre, je laisse à qui veut ma chienne de vie.

Ni par pitié pour eux. Je m'en fiche d'être « une mauvaise fille qui abandonne ses parents en se suicidant ».

J'ai dit oui parce qu'ils m'ont promis quelque chose. Un rêve qu'ils m'avaient refusé il y a deux ans. Celui d'avoir un appart à moi où je pourrais, justement, souffler loin d'eux et de leur pitoyable amour de façade.

À ce tarif-là, je veux bien faire une « cure », comme dit mon père, et même tout ce qu'on veut. À un détail près cependant, je suis « anorexique » d'accord, mais *pas* « trop maigre » ! Je pèse 36 kilos pour un mètre soixante-six, on voit mes côtes quand je respire, je n'ai quasiment pas de poitrine, mais je suis très bien merci ! Et ce séjour dans leur centre à la noix ne me fera changer ni de poids ni d'avis.

Jour J + 7

Deux heures de route. Je meurs de froid. Pas étonnant, l'ambiance est glaciale. Ma mère est muette depuis notre départ de Paris. Moi aussi. Mon père coupe le moteur.

– Mais c'est magnifique ici.

– Quoi ? dis-je. Les feuilles par terre ou celles qui attendent pour faire pareil ?

Mon père corrige :

– Je voulais parler du bâtiment.

Ah oui ! c'est vrai, le grand architecte nous a suivis. S'il savait comme je le déteste, celui-là, il serait peut-être resté pour une fois à Paris.

Je sors du véhicule et ouvre le coffre. Pas le temps d'attraper mon sac, mon père et ma mère s'en disputent déjà les poignées. Comme c'est touchant ! Des parents si dévoués. À moins qu'ils soient simplement pressés de caser leur chère fille chez les fous...

Le directeur, obèse, encravaté et nasillard nous reçoit dans son bureau. Sièges en cuir, lustre nacré, table Louis XIII.

Et Monsieur Letord par-ci et Madame Letord par-là... Avec ce qu'ils vont payer, il peut bien leur offrir quelques courbettes.

– Notre centre jouit d'une réputation nationale. Son taux de réussite à long terme, pour les filles qui vont au bout du contrat, avoisine les 45 %, c'est un des meilleurs de France.

Une porte latérale s'ouvre. Une femme apparaît, rondelette, le visage fané.

– Isabelle, je te présente le Dr Huez. C'est elle qui sera ta référente.

Je passe la nouvelle arrivante au scanner. Son nez épaté gâche son visage. Ses yeux, par contre, me font penser à une photo que j'ai dans un livre chez moi, un livre sur les loups.

– Comme nous avons longuement discuté de tout le reste au téléphone, reprend le directeur en se tournant un instant vers mes parents, nous n'avons plus qu'à signer le contrat de guérison. Il s'agit d'un contrat volontaire, Isabelle. Vous en connaissez les grandes lignes : l'intégralité du séjour, soit trois mois, est payée d'office. Durant ces trois mois, les visites et coups de fil sont conditionnés et proportionnels à la reprise de poids et à la participation active aux différents ateliers proposés. La méthode est critiquée par certains mais, associée aux ateliers que nous proposons justement, elle permet les résultats dont je vous ai parlé.

Trois mois sans voir mes parents et au bout j'ai mon appart. Que demander de mieux ?

– Tenez, mademoiselle, voici le contrat. Prenez le temps de le lire.

Pas question que je m'use les yeux à lire leur torchon. J'attrape un des stylos rangés en bouquet dans un pot. Le directeur m'arrête.

– Avant de vous engager définitivement, vous avez droit à trois jours d'essai.

– Merveilleux, dis-je en couchant mon nom au bas de la dernière page.

Mes parents veulent me payer des vacances en forêt et m'éloigner d'eux ? Dix contre un que c'est eux qui craqueront en premier et viendront me rechercher les larmes aux yeux.

Jour J + 7 (suite)

Mes parents viennent de s'en aller. Le Dr Huez me conduit à ma chambre. Pas de numéro aux portes, mais des cartes à jouer. Moins impersonnel sans doute...

– Dame de carreau du second étage, ça te va ?

Je pose mon sac et sors mes affaires. Qu'est-ce que c'est que ça ? Nounours, mon ours en peluche ? Quel imbécile l'a extirpé du fond de mon armoire pour le fourrer dans mes bagages ? Encore un coup de ma mère, je présume. Elle me prend vraiment pour une gamine.

Il n'y a pas grand-chose d'autre. Quelques fringues, un nécessaire de toilette, cinq slips et trois soutifs. Ça fait un peu vide sur une étagère, mais enfin...

Je referme le placard et balaie ma piaule du regard. Moi qui rêve d'un appart, j'y suis déjà d'une certaine façon, en miniature. Un peu étroit, mais il y a tout : douche, lavabo, WC et vue sur le parc. Question sortie par contre, shopping, à part des glands à ramasser dans les bois environnants... les galeries commerciales ne sont pas vraiment à côté.

Tiens... on ne peut même pas ouvrir les fenêtres à fond. Qu'est-ce qu'ils craignent ? Que je m'évade ou que je saute ? Peu de risques de ce côté-là, j'ai toujours eu le vertige.

Mince, il semble immense ce parc ! Qu'est-ce que je vais faire ici pendant trois mois ? Compter les écureuils dans les arbres ? Il doit y avoir mieux pour se remonter le moral...

Ah ! je vois sur un plan affiché au mur qu'il y a une salle télé. S'ils passent autre chose que les documentaires d'Arte, il y aura vraiment de quoi s'éclater ici. Yeah ! Elle n'est pas belle la vie ? D'enfer !!! À dix-huit ans enfermée chez les fous, moi, la fille du célèbre Michel Letord. Celui qui m'a envoyé sur terre pour une existence pareille mérite une décoration. Franchement, Dieu, si tu existes, pourquoi as-tu inventé un tel monde de merde ?

Je deviens vulgaire. Il faut absolument que je me calme. Merde, merde et merde, personne n'aurait vu mes cigarettes ?

Jour J + 8

La moitié de la nuit passe. Je crève encore de froid. Il y a une heure que j'ai poussé le radiateur à fond et enfilé un pull, mais ça ne change rien. À l'hôpital, j'étais sous perfusion. Là, ça va faire deux jours que je n'ai avalé qu'un yaourt et une pomme.

Il est 3 h du mat, je ne tiens plus. Il faut que je mâche quelque chose. Ce que je ressens n'est pas vraiment de la faim, je n'ai plus véritablement faim depuis des lustres. C'est plutôt une sorte d'angoisse profonde et nerveuse, l'angoisse de ma chair qui ne trouve plus de carburant pour fonctionner.

Je me lève et fouille mon sac. Je n'ai pas regardé dans toutes les poches tout à l'heure. Je parie que ma mère y a glissé des sucreries. Elle croit toujours que mon problème est seulement de ne pas assez manger. Bingo ! Six barres de biscuits chocolat caramel. Nettement mieux que l'ours en peluche !

Je m'assieds sur le lit et place la poubelle entre mes jambes. Je croque une extrémité du bout des dents, mâche trois fois et crache. Désolé pour le cliché, mais vomir, c'est pas mon truc. Au lieu d'avaler, je mâche un peu puis recrache direct. C'est pas le goût que je recherche, plutôt le geste. Je n'en tire aucun plaisir. Il y a juste que ça soulage mon angoisse sur l'instant. Si j'avalais... c'est sûr, je me sentirais encore plus mal.

Les six barres y passent. Mon angoisse s'apaise... en partie. Je contemple le fond de la poubelle. Il est rempli d'une pâte brunâtre. Qu'est-ce que je suis conne pour faire ça.

Et voilà. J'ai honte de moi maintenant. C'est toujours pareil. Je craque, puis je regrette. Je dois effacer les traces. Il y a les toilettes... j'ai qu'à tout verser dans les WC. Un coup d'eau et ni vu ni connu.

Je me recouche.

Quelqu'un peut me dire pourquoi je suis pas fichue de manger comme tout le monde ?

Je me déteste et j'en ai marre.

Jour J + 8 (suite)

Je me réveille au petit matin en grelottant. J'enfile un deuxième pull en vitesse et tire les rideaux. Il a gelé. Les arbres sont habillés de givre. Voilà pourquoi j'ai caillé toute la nuit.

Je jette un coup d'œil sur le programme.

– 8 h 30, réfectoire. On s'en fout.

– 9 heures, forum jusqu'à 12 heures.

Il est 8 h 20. J'ai tout le temps de prendre une douche et de me maquiller.

J'arrive à 9 heures pile au point de rendez-vous. Le directeur aurait mieux fait de me donner la chambre dame de pique. Jean noir, pull noir, veste noire, Rimmel noir. J'ai frappé très fort, de quoi effrayer jusqu'aux morts-vivants.

Je suis à peine là depuis dix secondes que Huez sort de son bureau. Elle me gratifie d'un large sourire.

– Bonjour, Isabelle, comment s'est passée ta nuit ?

Pour garder la distance, rien ne vaut un bon mensonge :

– Très bien, à part que j'ai eu un peu trop chaud.

Elle ouvre une porte et me prie d'entrer. Je découvre

une pièce bâtarde, sorte de croisement entre un salon de détente et une salle de réunion. Des fauteuils incarnats matelassés côtoient une table basse, un tableau blanc et un écran de projection. Une poignée de tables se serrent frileusement dans un coin.

Je n'oublie rien ? Ah si ! Sur les fauteuils, trois filles au visage émacié, pâles comme des faïences, me fixent de leurs pupilles noires.

– Bonjour à toutes ! lance Huez. Je vous présente Isabelle, la dame de carreau du deuxième. Elle a décidé de passer ici un certain temps. On va faire un petit tour de présentation. Ensuite, si Isabelle le désire, elle nous racontera ce qu'elle attend de nous.

Raconter ce que j'attends d'eux ? Qu'est-ce que c'est que cette histoire ? Ce sont elles qui attendent, pas moi.

– Rachel, commence une blonde aux lunettes épaisses comme des loupes. Dame de trèfle, arrivée depuis huit jours.

– Aude, quinze ans, marmonne sa voisine aux longs cheveux en remuant à peine le fil de ses lèvres grises.

– Et moi, achève la troisième avec un zézaiement léger, c'est Sémilia, la dame de pique, ça va faire deux semaines que je suis là.

C'est à moi de parler. Les trois filles braquent leurs yeux sur moi. Tout à l'heure, j'ai menti sans vergogne à la doctoresse Huez, mais là gare ! Je les connais ces regards affûtés comme des rasoirs : je croise le même chaque fois que je me fixe dans un miroir.

– Moi, c'est Isabelle. Chambre dame qui reste...

Silence. Tout le monde me regarde. Qu'est-ce

qu'il y a ? En ai-je dit trop ou pas assez ? Je ne vais tout de même pas leur raconter ma vie !

Huez reprend la parole :

– As-tu une passion, Isabelle ?

Je suis tombée dans un *chat* ringard sur le Net ou quoi ? Enfin... si ça leur fait plaisir.

– La guitare, il y a quelques années, j'adorais.

– Tu en joues ?

– J'ai appris trois ans, puis j'ai arrêté. Maintenant je me contente d'écouter.

– Des chanteurs ?

– Airs classiques, flamenco, de tout, même du Brassens...

– Brassens, intervient Rachel en remontant ses lunettes du bout des doigts, c'est pas un peu ringard ?

Je réplique :

– Franchement, quand il chante « Parlez-moi d'amour et je vous fous mon poing sur la gueule », je trouve ce type tout sauf ringard !

Huez plonge en moi son regard brillant de louve :

– Cette phrase te touche en particulier ?

– Évidemment.

– Tu peux nous dire pourquoi ?

Je me sens moins sûre de moi tout à coup et hésite.

– Dites, les filles, reprend la praticienne, nous démarrons sur les chapeaux de roues sans avoir expliqué les subtilités du forum. Elles sont très simples : personne ne force personne à parler. Si une question t'embarrasse, Isabelle, au point que tu préfères ne pas y répondre, il te suffit de dire « joker ». Et on passe à autre chose. Tu peux aussi utiliser la carte « délire » : dans ce cas tu réponds en donnant une réponse fausse, mais que tu aurais préférée à la réalité.

Je m'exclame :

– Joker, délire... Je suis tombée où, là ? Chez les dingues ?

– Délire, répond Sémilia, oui.

C'est un jeu de fous, ma parole. Il faut arriver à suivre ! Je demande à Sémilia :

– Tu aimerais être une folle ?

– Parfois, je me dis que ce serait plus simple. Il y a des médicaments pour aider les fous. Nous, on n'a rien. On souffre, et c'est tout.

– Je ne suis pas d'accord, intervient Rachel. Nous, on a une chance de guérir. Moi, c'est pour ça que je suis venue ici.

– Et toi, Aude, interroge Huez. Qu'est-ce que t'en dis ?

Aude pose les yeux sur moi et, doucement, secoue la tête.

Huez traduit en mots :

– Joker ? Comme d'habitude... d'accord. Dis-nous, Isabelle, qu'attends-tu de ton séjour ici ?

Nouvelle hésitation de ma part. Dois-je parler de mon suicide ou de mon futur appart ?

– Vous voulez vraiment savoir pourquoi je suis là ?

– Oui, si tu veux.

– Simplement parce que mes parents ont du fric. Alors, au lieu de s'occuper de moi, ils peuvent en payer d'autres pour le faire à leur place.

Je me lève et sors en claquant la porte. S'ils pensent me faire craquer, tous, ils l'auront dans l'os !

Jour J + 8 (suite)

Génial ! Ma sortie fracassante du premier forum m'a valu un discours de la part du directeur :

– Isabelle, on ne vous aidera que si vous nous laissez vous aider. Faites confiance au Dr Huez, cela fait quinze ans que...

Et ragnigni et ragnagna...

Qu'est-ce qu'il imagine ? Je refuse justement de faire confiance, moi ! Ça mène à quoi, la confiance ? À se faire berner ? À être trompée pour souffrir plus encore ? Comme lorsque je suis sortie avec ce garçon. Au bout de deux mois, il a voulu qu'on couche. J'en avais aucune envie. J'ai dit non. C'est alors qu'il m'a plaquée pour aller avec ma merveilleuse meilleure amie.

Alors oui, je vais me tenir tranquille. Je vais assister à leur ânerie de forum. Mais seulement parce que je veux mon appart ! Pour y vivre enfin tranquille, sans ma mère pour me glisser des ours en peluche dans mes bagages, sans mon père pour me parler d'architecture... Et pour pouvoir m'y foutre en l'air s'il m'en prend l'envie !

Jour J + 9

Je viens d'avoir une séance de thérapie cognitivo-je-sais-plus-quoi donnée par une jeune femme pour « apprendre ce dont le corps a vraiment besoin comme calories ».

L'énergie contenue dans une pomme permet de marcher vingt minutes. Une banane permet de tenir presque deux heures. Les yaourts 0 % presque rien du tout. Je m'en contente pourtant très bien.

Dans quinze minutes, j'ai séance individuelle de psychanalyse. Je parie mes baskets qu'il s'agit d'une psy. À part le directeur, il n'y a que des femmes dans ce trou. On se croirait au couvent ! Question drague, je m'en contrefiche, mais entendre de temps en temps une belle voix grave, ça change parfois les idées. Ce n'est pas le dirlo avec sa voix de canard qui risque de me faire rêver ! En plus, il est barbu. Dieu est barbu. Dieu a créé le monde. Je déteste donc les barbus !

Hiver

Jour J + 17

Dix jours que je n'ai pas vu mes parents. J'ai le moral dans le cent vingt-huitième dessous. Il gèle. Les arbres ont perdu leurs dernières feuilles. Comme eux, j'ai de plus en plus froid la nuit.

J'ai été dispensée de forum avec les trois autres filles. Pas mon truc de déballer ma vie devant des inconnues ! D'après la psy, c'est à cause d'un énorme paquet de peur enfouie en moi, de la peur d'être incomprise, mal jugée et de souffrir.

À la place, je me rends dans une sorte de petite bibliothèque. J'y suis peinarde. Pendant une heure, j'écris tout ce qui me passe par la tête. L'après-midi, je lis à ma psy les passages que je veux et on en discute. Comme c'est déjà écrit, ça m'aide à lui parler, sinon là aussi je serais bloquée.

Hier soir, j'ai lu toutes les pages du fameux contrat que j'ai signé. J'ai appris deux trucs dingues. Primo, l'ours en peluche n'est pas une idée de ma mère. Il figurait sur la liste des bagages à emporter. Secundo, et c'est encore plus dingue, chaque week-end, mes parents rencontrent un psy associé au centre.

Je n'en reviens pas. Comment ma mère a-t-elle fait pour convaincre mon père ? Lui, le superman, chez un psy ?

Par contre, les barres chocolatées, c'était formellement interdit !

Jour J + 18

Pourquoi je me sens nulle ?

Pourquoi je me déteste ?

La psy dit qu'il y a tellement de colère en moi que je mélange tout, y compris l'amour et la haine...

La haine, je connais. Je veux dire je me souviens, mais l'autre, l'amour, ça existe pour de vrai, cette chose-là ?

Jour J + 20

Ce matin, mon stylo court à toute vitesse. Quantité de choses, que je n'ai jamais dites à personne. Ma psy va en avoir du pain sur la planche.

Quand je me regarde dans la glace, j'aime voir mes côtes. Si je ne les voyais plus, je crois que je deviendrais folle.

Lorsque mon corps crie « mange », ma tête hurle « surtout pas » ! Alors, pour contenter tout le monde, je coupe la poire en deux, sauf que la poire c'est moi. Et qu'au final, ça fait deux fois plus mal.

Un jour, j'ai entendu un mec :

– Foutaise que les anorexiques ! prétendait-il. Qu'elles décident de manger normalement et en quinze jours elles sont guéries.

Ça m'a rappelé une histoire que j'avais lue, véridique. Un guide chevronné était bloqué par le froid en redescendant de l'Everest. Par radio, ses copains lui répétaient sans cesse :

– Rob ! Secoue-toi nom d'un chien ! Relève-toi !

Au bout de six heures, Rob, gelé, finit par dire :

– Les gars, si j'avais pu me relever, il y a longtemps que je l'aurais fait.

Deux heures après, il était mort.

Jour J + 23

Ma psy et le Dr Huez viennent de me féliciter. Je *mange* – attention ! ce n'est pas un mot que j'emploie tous les jours ! – un laitage toutes les deux heures. Du 0 %, mais elles sont contentes.

Qu'est-ce que tu en penses, Nounours ? Viens là que je te fasse un câlin. T'es quand même mieux sur mon lit qu'enfermé au fond de mon sac...

Je sais pas ce qui me prend tout à coup... J'ai envie de téléphoner à mes parents. Je les aime ou je les déteste ? Faudrait peut-être que je me décide...

Jour J + 23 (suite)

Alors, je les appelle ou je les appelle pas ? Voyons ce contrat... Qu'est-ce qu'il faut déjà pour avoir droit à un coup de fil ? Prendre cinq cents grammes ! Les yaourts, je veux bien, mais le gras, désolé, ce n'est pas possible. Ils ne m'auront pas. J'ai calculé. Je suis déjà grosse pour une anorexique. Il ne me manque que dix kilos pour être « normale », comme ils disent. Basta ! Qu'ils aillent se faire voir avec leur indice corporel à la noix.

Jour J + 26

C'est reparti pour une séance d'écriture dans la bibliothèque.

Il y a des nuits où l'on doute de tout. Une fois, à la maison, je me suis levée. Je me sentais tellement mal au-dedans, une souffrance énorme et indéfinissable. De la douleur à l'état brut. Je n'ai pas tenu, j'ai eu envie que ça sorte. Je me suis approchée d'un mur et j'ai commencé à m'y cogner la tête de plus en plus fort. J'entendais le choc dans mon crâne. Le mur était couvert de crépis pointus. Du sang, coulant de mon front, a rougi le mur. Tout à coup, je me suis arrêtée. Non parce que j'avais mal, mais d'effroi car je ne ressentais rien. Ce mal-être en moi étouffait tout, jusqu'à la sensation que je pouvais avoir de la douleur extérieure. J'ai voulu me mettre à pleurer... aucune larme n'a mouillé mes paupières. J'ai compris que je vivais les choses en absente, en spectatrice. Mon corps était coupé du dehors. Je n'avais plus droit qu'à la colère, l'angoisse de l'esprit et la souffrance intérieure. C'est un des moments les plus affreux de mon existence. C'est aussi pour fuir ça que j'ai essayé d'en finir.

Je n'arrive pas à savoir si je dois être contente ou fâchée d'être ici. Ai-je envie d'un appart à ce point ?

Ce matin, par ma fenêtre, j'ai vu des écureuils. Je me suis arrêtée longtemps pour les regarder. Ils agitent leur queue touffue en se promenant partout. J'ai pensé : on en aurait un chez soi, il n'y aurait plus besoin de faire les poussières.

Jour J + 28

Nouvelle activité pour ma troisième semaine au centre : je rejoins les autres filles en art-thérapie. On s'entend plutôt bien depuis que j'échappe à leur forum « délire-joker ». Enfin, disons qu'on se supporte. Il y a juste Aude qui m'énerve un peu. Elle me regarde tout le temps et ne dit jamais rien. Mais là, ça devrait aller puisque c'est, paraît-il, chacun pour soi. Tant mieux.

Mireille (c'est le nom de la stagiaire qui anime l'atelier) vient de poser sur ma table dix kilos de terre glaise.

– Quand tu auras fini, tu n'oublieras pas de l'entourer avec le plastique. Sinon elle sèche.

C'est quoi ce plan pâte à modeler ? Je ne suis plus en maternelle. Je demande :

– Je suis obligée ?

– Tu n'es obligée de rien, Isabelle.

– Mais j'ai signé un contrat, c'est ça ?

– C'est ça.

Bruyant soupir devant la masse informe.

– Une crotte de mammouth, ça vous va ?

Mireille acquiesce :

– Si c'est une belle crotte de mammouth...

Je plaque mes mains sur la glaise. Le contact est froid. Je l'étrangle à différents endroits. Mon truc ne ressemble à rien, même pas à un étron de pachyderme. Je jette un regard sur les autres qui finissent de déballer leur œuvre de la semaine précédente.

Chien ? Chat ? Lapin ? Rachel est l'auteure d'un petit animal indéfinissable. Sémilia a empilé des boules l'une sur l'autre. Aude est derrière moi. Voyons. Elle termine une tête. La vache ! Elle est douée. Excepté les cheveux, on la croirait réelle !

Je m'approche.

Pommettes saillantes, joues creusées... on dirait le visage de quelqu'un qui meurt de faim.

– Qui est-ce ?

– C'est toi.

– Moi ?

Elle déraille. Je ne suis pas comme ça. C'est elle qui ressemble à une momie. Elle s'évanouit trois fois par jour. Ses dents se déchaussent et elle n'a pas pris un gramme depuis que je suis arrivée !

– Pourquoi dis-tu que c'est moi ?

– Je t'ai choisie. Tu es la plus jolie ici.

– Attends, c'est pas possible...

Vingt jours que je suis là. Elle n'a pas pipé trois mots et là...

Je pars furax.

– Isabelle ? Tu vas où ? interroge Mireille.

– Pisser, ça vous va ?

J'entre dans les toilettes, me regarde dans le miroir et pose mes doigts sur mes joues. Je les tâte, les étire, les compare à l'image de la sculpture. Ce n'est pas possible. Je ne suis pas si creusée que ça...

Je retourne à l'atelier. Aude est toujours là à passer ses mains sur mon prétendu visage.

– Tu accepterais de me la donner ?

– Sais pas. Demande à Mireille.

Je me retourne :

– Mireille ? Quand Aude aura fini, je pourrai avoir sa statue ?

– Pour quoi faire ?

– Décorer ma chambre.

– Si Aude est d'accord, je n'y vois pas d'inconvénient.

Jour J + 29

Aude est vraiment douée. Une pure magicienne. Pas besoin de baguette ou de formules magiques, ses doigts suffisent pour donner vie à un bloc de terre.

Ça fait bizarre de se contempler pour du vrai. Un tête-à-tête avec soi-même. Je pouvais passer des heures à me parler devant un miroir. Là c'est pire, je peux me toucher en trois dimensions et me voir à la fois.

Ça m'a fait quelque chose qu'Aude me prenne pour modèle. Mon regard sur elle a changé. Elle qui m'énervait... j'ai été touchée.

Mais quelle tête je tire ! Ça va me déprimer à la longue. Je pourrais lui demander de me faire un peu plus sourire...

Enfin je ne sais pas. Ai-je vraiment envie de sourire ?

Je ne sais pas de quoi j'ai envie.

Jour J + 31

Je me suis laissée aller à avaler des bananes en plus de mes yaourts. Je ne sais pas comment j'ai réussi. Garder la nourriture en moi me dégoûte tellement. Huez m'a à nouveau félicitée. J'ai demandé si je pouvais appeler mes parents. Elle a refusé en riant.

La prochaine fois, je sais ce que je ferai. J'avalerai une bouteille d'eau avant de passer sur la balance. Mes cinq cents grammes en plus, je les aurai largement.

Jour J + 32

Aujourd'hui, Huez m'a demandé :

– Isabelle, peux-tu me dire d'où tu te trouves grosse ?

J'ai répondu :

– Mais de partout ! Même mes os sont trop gros !

Elle a dit que personne n'avait des os trop gros.

Jour J + 32 (suite)

Viens sous les draps, mon Nounours. J'ai besoin qu'on me cajole, tu sais. Je ne sais pas ce qui m'arrive. Même à toi, j'ose à peine l'avouer. Je crois... je crois que mes parents me manquent. Tu ne peux pas savoir comme ils me manquent. C'est trop dingue, vraiment !

Jour J + 33

Vie de chien !

Je suis sur le lit à empoigner les draps de colère.

Cinquante grammes ! Huez m'a recalée pour cinquante grammes. Jamais je n'avais bu autant de ma vie. Mais elle est arrivée en retard. Je n'ai pas pu me retenir. Elle me fixait d'une telle manière en s'approchant derrière ses yeux de louve. Je parie qu'elle se doutait de quelque chose.

Mais je le veux mon coup de fil et je le veux mon appart ! Tant pis pour la graisse en trop. Je vais bouffer et engraisser comme une truie. Je pèserai une tonne. Je serai lourde et moche. Après je reperdrai tout.

De toute manière, je les connais, mes parents, ils ne tiendront jamais les neuf semaines qui restent. D'un jour à l'autre, ils vont téléphoner au directeur et annoncer que je leur manque trop. Même s'ils ont tout payé d'avance, ils viendront me rechercher sans attendre la fin des trois mois.

Tu m'entends, Nounours ? Ils m'aiment, mes parents ! Ils m'arracheront d'ici avant que je sois obèse. Ils m'arracheront d'ici !

Jour J + 34

Toujours aucune nouvelle de mes parents.

Chaque fois que je vois arriver le directeur, je frémis. Je me dis que ça y est, il vient m'annoncer que je pars. Mais il ne se passe rien.

Je me déteste, je les déteste ! Et toi aussi, Nounours, je te hais ! Enfin non... pas toi, tu ne m'as jamais menti, tu ne m'as jamais trahie, tu as toujours été à la hauteur... Alors, pardonne-moi et serre-moi fort fort fort dans tes bras.

Jour J + 37

36,540 kg. Ça y est. Je l'ai pris, leur fichu demi-kilo. C'est horrible ! Je suis obligée de m'habiller en fermant les yeux pour ne pas voir mon état. Je me sens grasse comme une baleine. Je me sens lourde, dégoûtante, écœurante. Personne ne pourra jamais m'aimer dans cet état. Déjà qu'on ne m'aimait pas avant...

Je deviens folle. Tout ça pour un coup de fil de dix minutes chrono.

– Allô maman ?

– Isabelle ? Oh ! que je suis contente de t'entendre. Tu sais, je téléphone tous les jours au Dr Huez pour prendre de tes nouvelles...

– Je vais bien. Et toi ? Et papa ?

– Il est là, j'ai mis le haut-parleur.

– Tu me le passes ?

– Si tu veux.

– Papa ? Tu as trouvé un appart ?

– Je crois que oui. Il sera libre quand tu sortiras. Je vais t'envoyer des photos, tu me diras ce que tu en penses. Il est très lumineux, avec une immense baie vitrée.

Long silence au bout du fil. Ils vont craquer, je sens qu'ils vont craquer. Un petit coup de pouce...

– Vous me manquez.

– Toi aussi, ma fille. Toi aussi...

Je ne rêve pas... Mon père se retient de pleurer. Ils vont dire qu'ils viennent me chercher. Ils vont...

– Courage, Isabelle, dit-il, essaie de guérir... Rien ne nous ferait plus plaisir. Je t'embrasse très fort et te repasse maman.

Le reste des dix minutes file. La communication se coupe sans accorder une seconde de rab.

Mes parents n'ont pas flanché. Que vais-je devenir ?

J'aurais dû m'en douter. Ils ne m'ont jamais aimée.

Printemps

Jour J + 42

Six semaines que j'ai essayé de me fiche en l'air et fin de la cinquième semaine au centre. Je mange un plat de pâtes, un fruit et un yaourt – sucré ! – à tous les repas. Je passe mes nuits avec Nounours. Lui et moi avons décidé que nous vivrons ensemble dans notre futur appart. J'ai reçu les photos. Il est super. Je sais déjà où et comment placer mon lit.

Si je tiens le coup, avec les grammes que j'ai encore repris, j'aurai bientôt droit à une visite de mes parents. Il faut tenir, tenir. Dans mon état, une minute c'est déjà long, alors une semaine... ce n'est vraiment pas gagné. Ce contrat est un chantage atroce : devoir grossir d'un kilo pour avoir le droit de voir sa famille... Jamais je ne me suis sentie aussi hideuse. 37,402 kg ! Je pèse 37,402 kg ! Quelle horreur ! Un sumo, voilà ce que je suis. J'en parle tous les jours à ma psy. Elle prétend que mon organisme souffre tellement du manque de nourriture que mon esprit a une vision déformée de mon corps. Bref, je délire comme si j'étais empoisonnée. N'importe quoi...

Je vois bien que je suis obèse ! Je n'ai presque plus les joues creusées.

Ce qui me fait tenir, c'est de me dire qu'une fois dehors, je ferai à nouveau ce que je veux.

En attendant, si je veux avoir le droit de voir mes parents, je n'ai pas le choix. Je dois prendre du poids. Le docteur Huez m'a raconté que, dans les années 1970, la seule méthode de soins était de gaver les filles de force, avec une sonde, comme des oies... Ça m'a valu des cauchemars durant trois nuits.

Jour J + 45

Il est 10 h 25. J'ai cinq minutes pour fumer une clope avant ma séance d'écriture à la bibliothèque.

Je fume de plus en plus. Moche pour mes petits poumons, mais c'est ça ou je craque à coup sûr.

Évidemment j'ai oublié mon paquet dans ma piaule. Je suis bonne pour regrimper au deuxième étage.

Brrr, il ne fait vraiment pas chaud.

Je fume dans ma chambre alors que c'est interdit. J'avais entrouvert ma fenêtre ce matin pour renouveler l'air. Des échos de musique m'arrêtent. De la guitare ? Dans ce trou ? D'où cela provient-il ? C'est nul cette fenêtre qui ne s'ouvre pas assez pour que je passe la tête dehors. De toute façon, la guitare et moi c'est fini depuis belle lurette. Mon professeur ne s'était pas gêné pour me traiter comme une nulle... « Vous jouez comme une boîte à musique, mademoiselle Letord, laissez donc sortir vos sentiments ! »

Le salaud ! Me dire ça à moi qui travaillais d'arrache-pied. Jamais je ne faisais de fausses notes devant lui. Plus jamais je n'ai remis les pieds à l'école de musique.

Jour J + 47

Gros problème au centre. Aude a avalé un produit pour se faire vomir toute la nuit. Elle venait de prendre trois cents grammes. Elle n'a pas supporté. Il paraît que sa mère est furieuse contre le directeur. Elle est en route pour venir la rechercher.

Ces deux dernières semaines, Aude et moi... ou plutôt moi et Aude (je sais pas qui est la plus attirée par l'autre), je ne l'ai plus sentie comme les deux autres. Les autres, je m'en fiche. C'est moche et égoïste à dire, mais Rachel et Sémilia pourraient sauter du toit, ça me ferait ni chaud ni froid. Aude, par contre, je ne dis pas que je l'aime, mais il y a quelque chose de tout petit, de très loin, là-bas, quelque part au fond de moi. Je ne sais pas pourquoi... Peut-être parce qu'elle m'a donné sa sculpture et que, par ce cadeau, elle m'a confié une partie d'elle.

Aude m'avait dit que ses parents lui manquaient. Je lui avais répondu de faire comme moi, de manger un peu, qu'elle pourrait toujours retrouver la ligne après. Elle s'est forcée pendant trois jours. Et là, elle a craqué... complètement.

Huez dit qu'elle a frôlé la rupture gastrique. C'est

le haut de l'estomac qui se déchire, brûlé par l'acide, à force de trop vomir.

J'ai demandé à la voir avant qu'elle s'en aille.

Jour J + 47 (suite)

J'y suis.

Aude est dans une chambre de soins, assoupie, livide, transparente.

Je pense aux feuilles mortes tombées à terre...

Je pense à sa souffrance...

Que faire ? Que dire ? À sa place, j'aimerais qu'on fasse quoi ?

Lui promettre un appart ? Lui prendre doucement la main...

– Aude ?

Ses yeux s'ouvrent, gris, lavés, éteints.

– Qu'est-ce qui t'a pris ?

Son regard est comme un livre. Un livre-miroir. Un livre rempli de larmes enfermées où elle est en train de se noyer. Depuis combien d'années elle et moi n'avons-nous plus pleuré ?

– Il ne faut pas que tu partes, dis-je.

Elle ne me répond pas. Un peu plus fort, j'ajoute :

– Je ne veux pas te voir partir. Qui modifiera la sculpture que tu as faite, si je continue à grossir ?

Aude serre ma main, à faire mal, comme si elle

était suspendue au-dessus du vide et que j'étais la dernière à la retenir. Je murmure :

– Reste ici.

Une femme fait irruption dans la chambre, hystérique. Elle arrache Aude du lit. Le docteur Huez et le directeur arrivent à leur tour et tentent en vain de la calmer.

Prise dans cette tourmente, Aude, muette, chancelle. Telle une vague furieuse, cette femme l'emporte sans m'accorder un regard. Deux minutes plus tard leur voiture démarre avec des crissements de gravier. Aude et sa mère s'en vont. Je sens encore la pression de sa main sur la mienne.

Qu'est-ce donc que cette goutte d'eau salée qui me coule doucement sur la joue ?

Jour J + 48

Grand chamboulement que le départ d'Aude.

Je participe à nouveau au forum. Deux raisons à cela. D'abord, j'ai désormais suffisamment confiance en ma psy pour lui parler en direct (plus besoin de tout écrire avant). Et puis, je veux parler de moi et dire ce que je ressens. Tant pis si les autres n'en ont rien à cirer. Aude gardait tout pour elle, elle a coulé. Moi j'existe ! Vous entendez tous ! J'existe ! Je le sens là, quelque part. J'ai même failli pleurer l'autre jour...

Quant aux cartes « joker » et « délire », elles peuvent aller se faire voir.

Je suis mal dans ma peau ?

Oui !

Mes parents me manquent ?

Oui !

Depuis toujours l'amour de mes parents me manque ?

Oui !

Je me trouve grasse, bête et hideuse comme un phoque ?

Oui !

Le monde entier me dégoûte ?
OUI !
Et je veux qu'on en parle !

Et vous, Rachel et Sémilia, bordel, pourquoi êtes-vous ici ?

Jour J + 50

Trois jours qu'Aude est partie.

Si je prends du poids, ce n'est sûrement pas au niveau de mon cerveau. J'ai encore oublié mon tabac.

J'ai largement le temps. Pourquoi je ne fumerais pas dans ma chambre plutôt que d'aller me geler toute seule dehors ?

Ouverture de fenêtre et petit coup de briquet... Tiens ? ! La même musique que l'autre jour. Pas mal la mélodie. Classique, pas trop ringarde.

Je plane avec la nicotine et ferme les yeux. Tant pis pour le goudron qui me prépare un cancer du poumon. L'air froid me coule sur le visage. Le morceau s'achève. Quelques secondes s'égrainent. Le même morceau recommence. Une fois, deux fois, trois fois.

Brusquement la musique s'interrompt, tâtonne sur une dizaine de notes, reprend en modifiant très finement les nuances. J'écoute quelques instants encore. Si ma fenêtre n'était pas bloquée, je pourrais passer la tête à l'extérieur et localiser le bruit.

Je jette un coup d'œil sur la pendule. 10 h 29 ! Il me reste une minute pour descendre au forum !

Jour J + 55

Les curiosités sont rares par ici. La nuit dernière, j'ai décidé de résoudre le mystère du ou de la guitariste invisible.

Ce matin, je parcours les couloirs en tendant l'oreille à la recherche de la porte du coupable.

Rien au second. Rien au troisième, rien au premier... bizarre. Ça fait pourtant cinq jours que j'entends toujours cette même musique.

Je remonte dans ma chambre. J'entends de nouveau la mélodie qui se faufile par la fenêtre. Pas d'autre solution que d'enfiler mon blouson et d'aller écouter dehors.

Les notes ne viennent pas de mon bâtiment, mais du petit pavillon accolé juste à côté. Qui peut bien habiter là ?

J'approche. Il y a une minuscule cour bétonnée. Une porte d'entrée, un porche sous lequel s'abritent, frileusement serrées l'une contre l'autre, une poubelle noire et une imposante moto.

Hé là ! que se passe-t-il ? Je n'entends tout à coup plus la guitare. La porte s'ouvre brusquement. Un jeune homme apparaît, en short. Les cheveux fous, un regard d'ange et les jambes velues.

– Vous cherchez quelque chose, mademoiselle ?

– Pardon, je...

– Vous venez du centre, peut-être ?

Question mortelle.

– Non, enfin oui si on veut, je suis là pour... un stage. J'aide la doctoresse Huez.

– Ça doit être intéressant.

– Oui, mais j'ai une pause entre 10 h 00 et 10 h 30. J'en profite pour m'en griller une et me balader. Ça me permet de souffler un peu. Je... j'ai entendu de la musique. Je me suis approchée.

– Je comprends que vous ayez besoin de souffler, dit-il. Ce sont des amochées, les nanas qu'il y a ici. Ce doit être terrible de s'en occuper. Je les vois souvent, j'habite ici avec mon père.

– Votre père ?

– Oui il est... gardien. C'est son logement de fonction, mais je ne mets jamais les pieds dans le grand bâtiment. C'est trop dur de voir les filles.

« Amochée », il a dit que j'étais une amochée... Il ne manque pas d'air ! Il ne s'est pas regardé avec sa coiffure à la Beethoven ! Je demande :

– Vous voyez à quoi qu'elles sont « amochées » ?

– Faut pas être devin, répond-il en fermant la porte à clé derrière lui. La plupart sont pâles comme la craie, leurs bras sont des manches à balai et leurs yeux sont renfoncés comme ceux d'une momie. Je les plains de souffrir ainsi...

Il pousse un long soupir et ajoute :

– Enfin, c'est super que vous vous occupiez d'elles.

Mais pour la guitare, aujourd'hui c'est fini. Vous arrivez trop tard. J'ai juste le temps de faire mon jogging et puis je dois filer.

– C'est vous qui jouiez ?

– Oui, j'essaie. Je prépare l'examen du Premier prix de conservatoire. Si vous voulez revenir demain, je vous présenterai Isabelle, le grand amour de ma vie.

Il part à petites foulées sans se retourner.

Je le regarde s'éloigner, pensive. Un prix de conservatoire ? Il paraît un peu jeune. Il a dû lancer ça pour la frime. Et puis qu'est-ce que j'en ai à cirer de son Isabelle « grand amour de sa vie » ? C'est moi, Isabelle !

Jour J + 55 (suite)

Dans trois jours, j'ai enfin droit à la première visite de mes parents. J'ai peur qu'ils ne me reconnaissent pas.

Je me regarde dans le miroir. « Amochée », qu'il a dit l'autre mytho du conservatoire ; « des yeux de momie ». Aude, oui, le dernier jour elle avait l'aspect d'une déterrée, mais pas moi. Je suis à 40 kilos. J'ai quand même repris 4 kilos depuis que je suis arrivée. Ça fait 4 000 grammes ! La vache, je réalise... c'est le poids de quatre briques de lait ! Si on m'avait dit ça avant, j'aurais pété les plombs. Là, je ne dis pas que ça m'enchante mais, à condition de ne pas passer deux heures devant la glace, je le supporte tout juste.

Ce qui m'écœure le plus, c'est quand je touche ma peau. Elle est épaisse et molle, rembourrée de tissu adipeux. Le bout de mon doigt s'y enfonce d'au moins deux millimètres au niveau des côtes. À qui pourrais-je plaire dans un état pareil ?

Jour J + 56

Il est 10 h 30 du matin. J'ai laissé tomber l'invit du guitariste. Maintenant, je regrette.

Jour J + 56 (suite)

Je suis perdue. Je me trouve énorme. Lui prétend que les filles d'ici sont maigres comme des manches à balai. En enfilant mes vêtements les plus amples, il ne verrait ni l'un ni l'autre... il faudrait que je demande à mes parents de m'apporter mon pull le plus gros.

Jour J + 56 (suite)

Heureusement qu'il me prend pour une stagiaire. Au repas de ce soir, en tout cas, je mange le mi-nimum.

Jour J + 57

Il est minuit passé d'une poignée de minutes et ça ne va pas. L'image de mes parents et du guitariste me tourmentent. Je ne sais pas ce qui m'a pris. Ce soir, j'avais décidé de picorer. À la place, j'ai avalé double ration de spaghettis. Un siècle que je n'avais plus mangé autant. Mon estomac va éclater. Il est trop tard pour recracher. Qu'est-ce que je vais faire ? J'ai froid, j'ai peur, j'ai mal. Je sens venir la maxi-crise d'angoisse. Tous les voyants sont au rouge.

Je ne vais pas tenir longtemps.

Je pourrais essayer de vomir...

Qu'est-ce qu'elle m'a dit de faire, la psy, en cas de crise ? Parler, demander de l'aide.

À cette heure, il n'y a plus que le médecin de garde. C'est qui le médecin de garde ? Pas Huez, c'était elle la semaine dernière.

Je me lève et avance jusqu'aux toilettes. Qu'est-ce que je fais ? Je m'enfonce les doigts au fond de la gorge ou je vais voir qui est de veille ?

Sémilia prétend que les WC sont équipés d'un mouchard. Ils sauront que j'ai vomi. Je n'aurai plus le droit de voir mes parents.

C'est à cause de leur venue que je stresse à ce point. Ils vont me trouver hideuse... Pourtant je veux les voir. Ils me manquent trop ! Ça fait six semaines que je les ai eus, qu'au téléphone ! Je tiens plus, moi !

Je sors en pyjama de ma chambre et cavale jusqu'au premier.

J'entre dans la pièce de garde et me fige.

– Monsieur le Directeur ?

Qu'est-ce qu'il fabrique là, à presque une heure du matin, sans cravate, à pianoter sur un ordi ?

– Bonsoir, Isabelle. Comment vas-tu ?

– Le médecin de garde n'est pas là ?

Sourire.

– Je suis le médecin de garde.

– En plus de votre travail de directeur ?

– Exactement.

– Vous... vous êtes docteur ?

– Pendant des années, j'étais même le référent du groupe de filles du troisième étage.

Silence de ma part.

– Je t'écoute, fait-il.

Pas question de rester en tenue de nuit auprès de ce type.

– Tout bien réfléchi, je... j'attendrai jusqu'à demain.

– Tu sembles frigorifiée ! Attends, j'ai quelque chose pour toi.

Il pivote sur son siège, ouvre un casier et en sort un pull ÉNORME.

– Enfile ça et raconte-moi ce qui t'amène. Tes parents viennent te voir demain, je crois...

Jamais vu un pull pareil ! Rien que de le voir on a envie de s'y blottir.

– Cent pour cent molleton, précise-t-il en me le tendant. Il n'y a pas plus doux.

Je l'enfile. J'ai aussitôt l'impression d'être un poussin enfoui dans les plumes de sa mère.

– J'ai eu une crise d'angoisse, dis-je. Elle est en train de passer.

– Assieds-toi quand même cinq minutes, si tu veux. Nous pouvons discuter un peu.

Je m'assieds. Nous parlons pendant une heure et demie.

Avant de partir, j'ose demander :

– Dites, le pull... je ne pourrais pas le garder ?

– Ça te ferait plaisir ?

– Oh oui ! J'ai l'impression qu'il m'a toujours manqué.

– Alors, Isabelle, c'est cadeau, tu peux l'emporter.

Jour J + 58

Ça y est ! J'ai eu la visite de mes parents ! La rencontre s'est bien passée. Mon père m'a serrée dans ses bras. La première fois depuis des années. Depuis que je l'ai trouvé en train de tromper ma mère pour être précise. Comme s'il se sentait trop sale auparavant pour le faire. Ou que *je* le trouvais trop sale pour le lui permettre.

Quand ils sont repartis, j'ai failli chialer comme une gamine. Prochaine visite dans dix jours... à condition que je prenne un kilo et demi. Je ne sais pas encore si je vais le faire. Je n'ai pas envie de rester coincée dans une porte.

Je ne quitte plus mon pull en molleton. Il est trop génial : super chaud et tellement gros que personne ne peut savoir comment je suis dedans.

– Tu en penses quoi, Nounours ?

Je l'aime mon ours, même s'il n'est pas bavard. Au moins il ne dit jamais de bêtise.

– Dis-moi, si on allait le voir demain, le surdoué de la gratte ? Un peu de musique, ça n'a jamais fait de mal. Avec mon pull, il ne verrait que mes joues bouffies...

Jour J + 59

Je frappe à la porte. Pas de réponse. Je recommence plus fort. Aïe ! Le bois est dur !

On vient.

– Ah ! c'est vous ? Je me demandais ce que vous étiez devenue.

Ce regard, on dirait une cascade d'eau claire entourée par un soleil.

– Je ne dérange pas ? Vous aviez dit l'autre jour...

– Au contraire, pour une fois que je croise une mélomane.

– Je n'ai pas pu venir avant, à cause des filles, mon travail de stagiaire vous comprenez...

– Très bien, entrez, j'étais justement en compagnie d'Isabelle.

Il me gave avec son « Isabelle ».

– Au fait, je m'appelle Mathieu. Au lycée tout le monde m'appelait Gui, Gui le taré. Paraît que je suis un peu bizarre : toujours à parler de musique.

Hum... Il blague ou il est sérieux ? Impossible à dire. Je réponds en larguant le premier prénom qui me passe à l'esprit (histoire qu'il ne me trouve pas sur la liste des pensionnaires).

– Moi c'est Marie, Marie Lanoix.

Hum... j'aurais peut-être pu trouver mieux comme pseudonyme. Tant pis.

Il referme la porte derrière moi. Je lui emboîte le pas. Nous arrivons dans une chambre immense au plafond bleu et au lit défait. Une des fenêtres est entrouverte.

– Ce n'est pas très économique pour le chauffage, mais j'ai besoin d'air quand je joue.

Une guitare de couleur jaune clair se tient debout sur son chevalet. Mathieu s'en approche et, d'une main, la soulève.

– Marie, souffle-t-il, voici Isabelle.

Quoi ! Il prend sa guitare pour sa petite amie ? Il lui manque une case !

– Elle et moi sommes inséparables, continue-t-il. Pour elle, j'ai arrêté le lycée à seize ans. Elle passe minimum sept heures par jour dans mes bras.

Mathieu couvre sa guitare d'un regard amoureux, s'assied et la couche doucement sur son genou droit.

Qu'est-ce que c'est que ce dingue ?

Moqueuse, je m'exclame :

– J'espère que vous ne dormez quand même pas ensemble.

– Non, je risquerais de l'abîmer.

Il est sérieux en plus. La folle ce n'est pas moi, c'est lui. Mon asile de fous abrite un fou appelé Guitaré !

– Je ne vais pas vous déranger plus longtemps.

– Mais... tu ne me déranges pas.

Ce « tu » de Mathieu, le premier, et son regard bleu me harponnent. Je voulais fuir. À la place, je reste plantée là, indécise. Une moitié de moi veut partir, l'autre rester. Mathieu pince les six cordes l'une après l'autre et les laisse vibrer jusqu'à ce que, doucement, le son s'éteigne. Une inspiration profonde et il entame tout à coup le morceau entendu les jours précédents.

Pincements de corde, pincements de cœur. Ce que ce type aux yeux de ciel est en train d'offrir à un bout de bois sans vie, personne ne me l'a jamais donné à moi...

Et d'où vient-elle donc, sa gratte ? Je n'ai jamais entendu une sonorité pareille. Même celle de mon professeur ne lui arrivait pas à la cheville. Un timbre aussi clair, on dirait presque de la harpe...

Impossible de les quitter des yeux. Mathieu est l'amant d'une sirène. Une sirène qui me parle de mon passé, de ces années d'avant, lorsque j'apprenais la guitare et n'étais pas encore trop « amochée » dans mon corps, dans ma tête. À cette époque, j'aimais encore. J'aimais la guitare et un mec de la classe à qui je n'ai jamais osé adresser la parole. Deux amours étouffées à cause de ma fragilité, de ma fierté peut-être aussi.

Je m'assieds sur le lit, front en avant, les mains serrées entre mes genoux et j'épie Mathieu : son visage attentif, le travail de ses doigts sur les cordes, ses ongles qui tour à tour sèment et cueillent les notes. Je pense aux miens, rongés, blessés. J'enfouis mes poings dans mes manches pour les cacher.

Le morceau s'achève.

Mathieu se tourne vers moi.

– Tu la trouves comment ?

« Tu *la* trouves comment ? » Il parle comme s'il n'était pour rien dans ce qu'il vient de faire. C'est pourtant lui qui a joué et non elle. Je réponds en essayant de ne pas trop bredouiller :

– Très beau... je veux dire, très belle.

Mathieu offre une longue caresse au bois et soupire :

– Cette guitare vient du meilleur luthier d'Espagne. Elle devait être son chef-d'œuvre. Elle aurait valu 35 000 euros. Le bois avait une fragilité cachée, à peine les cordes tendues, la chambre de résonance n'a pas supporté. Elle a craqué. Elle n'était plus qu'un bout de bois bon pour la casse.

Mathieu tourne son instrument et fait apparaître une longue et laide boursouflure sur le dos et le côté de sa guitare.

– Normalement ça ne se répare pas. Le luthier allait la jeter. Pourtant, quand je l'ai vue, j'ai su que c'était elle que je voulais, que j'attendais. Je l'ai eue pour deux centaines d'euros, le prix des cordes et de la peinture. Je me suis lancé dans un travail de longue haleine. Recoller les fibres une à une avec une résine commandée aux USA. Cinq mois de travail, sans garantie de résultat. Puis un jour... j'ai eu fini et j'ai remonté les cordes. J'avais réussi. Il reste la cicatrice de la blessure. Elle restera marquée et fragile toute sa vie, mais en en prenant soin, elle chante comme aucune autre... La fragilité d'Isabelle la rend unique. Ne trouves-tu pas cela merveilleux ?

– Elle est quand même très abîmée. Tu voudrais la revendre...

– Mais il n'est pas question de la revendre et je me fiche qu'elle soit amochée. C'est ce qu'elle peut donner qui compte.

Gros malaise tout à coup. Mathieu vient de réutiliser

le même mot que pour les filles. Il plonge ses yeux dans les miens. S'il regarde mes joues bouffies, il va me trouver horrible...

– Je dois y aller. J'ai ma séance. Les filles vont m'attendre.

Il pousse un bref soupir.

– J'espère que je ne t'ai pas ennuyée. Il paraît que j'embête tout le monde avec ma musique. Reviens ce soir si tu veux.

– J'essaierai.

– Ou alors demain.

– Oui, peut-être, je reviendrai demain.

Été

Jour J + 74

Deux semaines que j'ai rencontré Mathieu. Deux semaines que je sculpte des cœurs en art-thérapie. Des cœurs à deux visages, dos à dos. De plus en plus gros.

Deux semaines aussi que je me bats contre une surabondance de « et ». Mon petit cerveau bouillonne. *Et* des kilos en « trop-pas assez » à perdre-gagner. *Et* Aude qui est partie. *Et* l'envie de revoir mes parents. *Et* Sémilia qui ne va pas bien du tout *et* qui parle de s'en aller. *Et* Rachel qui me suit partout. *Et* peut-être, surtout, le souvenir des yeux de Mathieu qui lui aussi ne me lâche pas. Lui et sa guitare jouent vraiment trop bien...

Au total, j'ai du mal à mettre de l'ordre dans ma tête. C'est paradoxal. Je pèse maintenant 42,520 kg. Je me sens énorme ; cependant, j'ai la sensation de manquer de place en moi pour ranger tout ça.

J'ai repris de la force. Je le sens, mais quand même, ma psy conseille d'y aller doucement (et je ne lui ai pas dit pour Mathieu !). Elle pense que je suis en train de revenir dans mon corps et dans mes émotions après une longue absence. Je dois réapprendre à exister avec elles, pas à pas. Réapprendre aussi à éprouver du plaisir et pas seulement ma souffrance d'âme.

Les séances de psy m'aident, l'art-thérapie m'aide, et aussi les forums avec Huez, Sémilia et Rachel. Mais ce qui me fait un bien fou, c'est mon petit quart d'heure instrumental chez Mathieu. J'y vais chaque jour à la pause de 10 h. C'est bon. Bon comme une pomme qui croque sous la dent, fraîche et sucrée. Bon comme une main tendue.

Mathieu est barge avec sa guitare, mais d'une douceur... Son regard, sa voix aussi. Il connaît une foule de morceaux et déchiffre les partitions à une vitesse...

Depuis trois jours, je vais également le voir le soir, après le repas. Ni lui ni moi ne prononçons un mot. Il n'y a qu'Isabelle qui chante sous ses doigts. Ils sont beaux ensemble. Lui aussi est beau. Par instants, j'ai l'impression, enfin je veux dire... je suis comme troublée... je sais pas...

Laissons tomber.

Par chance, il ne pose aucune question. J'aurais trop peur de parler et de me trahir. Pour moi qui passe mes matinées à évoquer mes souvenirs au forum (les mauvais puis les bons), ce silence me fait un bien fou. C'est comme un bain chaud. Je le laisse couler sans plus penser à rien. Je ne le questionne pas non plus. Je n'ai encore jamais vu son père. C'est sans importance.

Hier, pour la première fois nous nous sommes fait la bise. Sa joue était chaude. La mienne glacée. Qu'est-ce que cela veut dire ?

Jour J + 75

Je crois que Sémilia s'enfonce. Aujourd'hui au forum, elle a joué une carte délire. Elle a raconté qu'elle se sentait être un monstre, un monstre nul et honteux. Elle a dit qu'elle se faisait vomir depuis plus de cinq ans, qu'elle avait honte de faire ça. De plus en plus souvent, il y avait du sang, ça lui faisait peur. Elle se jurait à chaque fois de ne pas recommencer, mais elle ne pouvait pas s'empêcher de le refaire quand même chaque fois qu'elle mangeait. Alors elle culpabilisait encore plus et se sentait nulle... encore plus.

Pour finir, elle a dit aussi que nous étions, avec sa mère, les personnes qu'elle détestait le plus au monde.

Je suis sortie de séance avec une boule énorme dans la poitrine. Je sais bien, moi, que les paroles de Sémilia n'ont rien du délire. À part les vomissements, c'était pareil pour moi. Je ne dis pas « c'était » parce que je me sens guérie. Simplement, je me sens un peu... un tout petit peu mieux. Assez en tout cas pour sentir que Sémilia ne va vraiment pas. Assez aussi pour savoir que son seul délire, c'est de prétendre qu'elle déteste sa mère. Je sais moi qu'elle l'aime et qu'elle donnerait tout pour que sa mère l'aime aussi.

Je n'ai pourtant rien dit. Pardon, Sémilia, mais le peu de force que j'ai retrouvé... j'en ai besoin pour moi. Huez, le directeur et la psy sont là pour t'aider...

Jour J + 76

Ce soir, Mathieu m'a fait rire. Sans raison, il s'est mis à me raconter que les Indiens de certaines tribus d'Amérique avaient une manière particulière de déclarer leur flamme. Ils se postaient sur leur cheval devant la tente occupée par leur élue et attendaient qu'elle veuille bien sortir. Ils ne devaient pas bouger. Plus ils tenaient longtemps et plus grand était leur amour et plus flattée était la fille.

– Moi, a-t-il dit, même très amoureux, je me serais tout de suite endormi.

Jour J + 77

J'ai eu droit à une nouvelle visite de mes parents. Nous nous sommes promenés à travers le parc durant deux heures. J'avais la frousse que Mathieu me voie. Il aurait tout de suite su que je n'étais pas une vraie stagiaire.

En cours de balade, une idée m'est passée par la tête.

– Vous pourriez rapporter ma guitare la prochaine fois ?

– Tu n'avais pas juré de ne plus y toucher ? s'est étonné mon père.

Ses séances de psy ne lui ôtaient pas beaucoup de son indélicatesse. L'envie m'est montée de lui voler dans les plumes. Ma mère lui a glissé un sourire. Il s'est repris.

– Je veux dire que tu m'as obligé à la monter au grenier. Elle doit être dans un état...

– J'enlèverai les poussières, dis-je.

– Nous le ferons pour toi, a répondu ma mère.

– Veux-tu que je passe au magasin pour t'acheter un jeu de nouvelles cordes ?

Mon père n'a jamais rien acheté pour les autres. Les courses et les cadeaux, ça a toujours été ma mère qui s'en est chargée.

– Toi ?

– Pourquoi pas ? Je demanderai au vendeur.

Pas croyable. Mon père serait-il en train de changer ?

De mon côté, il faudra que je me laisse pousser un peu les ongles de la main droite si je veux arriver à jouer.

Jour J + 77 (suite)

Au terme de la promenade, nous avons rencontré Huez, elle était de garde. Elle, mes parents et moi nous nous sommes mis d'accord. À 48 kilos, je quitte le centre et j'ai droit à mon appart. Encore 2 kilos à prendre, vingt jours à tenir. Ça fera au total un peu plus de trois mois : quasiment comme prévu !

Vingt jours et 2 kilos... traduit en langage anorexique ça donne : éternité et infini. Vais-je réussir ?

Jour J + 81

– Des enfoirés de première. Tous, tous ! Vous êtes tous des enfoirés !

Sémilia n'a pas mâché ses mots. Le temps de bourrer ses affaires dans son sac et elle a quitté le centre. Le directeur avait parlé de 45 % de guérisons au final. Même avec deux filles parties, il reste encore un risque que moi ou Rachel on replonge.

Jour J + 87

J'ai appris qu'il y avait de plus en plus d'anorexiques dans le monde. Même les garçons s'y mettent et tous les pays riches sont touchés. Si ça continue, on les ramassera à la pelle, comme des feuilles d'automne. Il n'y aura qu'à les mettre en tas et les brûler.

Enfin, je sais pas... je n'ai plus trop envie de finir en compost. Ces derniers temps, ma psy et moi discutons beaucoup à propos de ma tentative de suicide. Je crois que j'ai quelques doutes. Je ne sais pas si je referais pareil. J'aurais peur en tout cas. Peur de me rater.

Et puis il y a Mathieu. Me manquerait-il ? J'en sais trop rien. Peut-être ses yeux...

Ah ! au fait, Nounours, tu sais quoi ? À ma sortie du centre, mes parents et moi allons suivre une thérapie familiale. Ils mettent décidément les bouchées doubles. Si ça continue, je vais finir par croire qu'ils m'aiment vraiment.

Jour J + 94

J'ai pris 1 400 grammes en quinze jours. À ce rythme-là, vu qu'il me reste une semaine avant la quille, ça fait même 50 grammes de trop. Je peux manger un peu moins !

Jour J + 95

Dernière visite de mes parents avant ma libération. Ils m'ont apporté ma guitare et un jeu de cordes neuves.

Pour l'instant, elle est toujours sur le lit à côté de mon ours. Je ne me sens pas encore prête à la sortir de son étui.

Jour J + 96

Cette nuit, j'ai fait un rêve étrange. J'étais ronde et grosse comme une guitare. Mathieu me prenait dans ses bras.

Je me suis réveillée *jalouse, jalouse* de sa guitare obèse et balafrée. Pourquoi ne s'intéresse-t-il jamais qu'à elle ?

Je suis dingue. Même si nous tombions amoureux l'un de l'autre, ça ne pourrait jamais marcher entre Mathieu et moi. Il croit toujours que je suis une stagiaire. Quand il apprendra qui je suis. En plus, grosse comme je suis devenue... Non, arrêtons de rêver.

Jour J + 96 (suite)

Ce soir, je crois que je vais lui montrer ma guitare. Depuis le temps que je ne l'ai plus touchée, elle est complètement désaccordée. Je n'y arrive pas facilement. Lui, il ferait ça en un clin d'œil. Faudra juste être discrète pendant le transport, sinon tout le monde va se demander où je pars avec ma mandoline sous le bras...

Jour J + 96 (suite)

– Dis donc, Marie, tu ne m'avais pas dit que tu avais une guitare !

– Tu ne l'as pas demandé.

– Hé ! C'est déjà une belle.

– Mes parents m'ont toujours gâtée, trop gâtée peut-être.

J'en ai trop dit. Mathieu me fixe d'une manière étrange.

– C'est pour ça que tu as décidé de t'occuper de filles malades ? Pour payer ta dette ?

Je préfère changer de sujet.

– Tu peux me l'accorder ?

Il ajuste successivement la tension des six cordes.

– Mi la ré sol si mi. À votre service, mademoiselle...

– Merci.

– Tu me joues quelque chose ?

Silence et tétanie...

– C'est que... je ne suis pas très douée.

– Quand on apprend, c'est normal de se tromper.

– Ça fait longtemps aussi. Je te ferai entendre

demain. Heu... non, disons plutôt après-demain, le soir.

– Promis ?

– Promis.

J + 97

Je suis folle ? Qu'est-ce qui m'a pris ? Je n'ai plus pratiqué depuis deux ans. Je ne me souviens plus que de *Jeux interdits*, un air super connu. Et encore, je n'ai jamais su jouer que la première partie, la plus facile. Je vais avoir l'air de quoi à lui proposer ce morceau de débutante avec ma belle guitare de petite fille gâtée ?

J'ai honte de le dire, le jour où je l'ai achetée, je voulais une preuve, une preuve que mon père m'aimait. Je voulais savoir jusqu'où il était capable d'aller. J'ai choisi la plus chère du magasin. Même pas celle qui me plaisait en particulier, juste la plus chère, pour voir. Mon père a dit oui.

Pourquoi ai-je promis à Mathieu de jouer ? Pourquoi lui ai-je montré ma guitare ? Pour faire l'intéressante ? C'était pourtant déjà assez compliqué. Je suis vraiment folle. Isabelle, ma fille, tu as intérêt à t'entraîner !

J + 98

J'avance à pas feutrés avec ma guitare sous le bras à travers les couloirs. Je sors du bâtiment principal et me rends chez Mathieu. J'ai un trac monstre et une seule envie en tête : me débiner.

J'ai répété comme une dingue, au point d'en oublier de me peser, c'est dire !

– Ah ! Marie ! je commençais à croire que tu ne viendrais pas.

– J'ai voulu répéter encore un peu avant de venir.

– Oh là ! Pas de panique, la perfectionniste, je veux juste t'écouter comme ça.

Autant en finir au plus vite. Je m'installe et entame *Jeux interdits*. Toute la mélodie de la première partie fuse, mécanique. J'arrache les dernières notes à bout de souffle et, sauvée, relève la tête. Je n'ai pas fait un seul accroc !

Mathieu me fixe, hébété.

– Mais, bredouille-t-il, qui t'a appris à jouer ainsi ?

Sa phrase pourrait trahir une admiration soudaine. L'idée m'effleure en tout cas durant un vingtième de seconde. Mais quelque chose cloche au vu de l'expression de son visage. Il ajoute :

– On dirait un automate. Où est ton corps là-dedans ? Où est ta chair ? Où est ta respiration ? Tu joues en apnée !

Durant une, deux secondes, je reste pétrifiée. Ce que Mathieu vient de dire... De n'importe qui d'autre j'aurais pu l'entendre. Mais de lui dont je rêve certaines nuits, qu'il me rejette et m'humilie ainsi... J'ai mal, mal comme il n'y a pas de mot pour l'exprimer ! Je vais...

– Je vais te montrer, dit-il.

Sans me laisser le temps de réagir, il saisit ma guitare, la pose sur son genou et, sans un œil sur la partition, interprète l'air qu'il vient d'entendre.

Le temps des deux premières mesures, ma douleur se mue en dépit.

Quoi ? Il veut me donner des leçons à présent ? Il se prend pour qui ?!

Je tends un bras rageur vers ma guitare, prête à la lui arracher des mains.

– À partir de là, murmure-t-il en fermant les yeux, écoute. Plus lent, ensuite plus fort, puis plus lent. Le début de *Jeux interdits* est superbe. La phrase musicale doit hésiter entre les glissements mélancoliques offerts par le mode mineur et la joie des petits notes claires et lumineuses des accords majeurs.

Paupières toujours closes, Mathieu continue de jouer. Un frisson me transperce. Ce n'est pas son Isabelle qu'il tient contre lui, mais il se dégage, comme au premier jour, la même dose d'amour. Je comprends tout à coup. Lorsqu'il joue, ce n'est pas à sa guitare qu'il donne son amour, mais à la musique et à ceux qui viennent l'entendre. Mathieu donne.

Moi, à côté, j'enferme. Je garde tout jusqu'à l'air que je respire et ne cède que du vide.

Mon bras retombe en même temps que ma colère.

Mathieu ne m'a pas humiliée, il a simplement dit vrai. La peur de me dévoiler m'empêche d'habiter ma musique et mon corps.

Je m'assieds à ma place habituelle, sur le lit, et le laisse finir. Lorsque Mathieu rouvre les yeux, je lui souris et demande en me retenant de pleurer tellement je suis émue :

– S'il te plaît... apprends-moi à jouer...

Mathieu partage mon sourire et répond, le regard heureux et lumineux :

– Si tu veux, Marie, si tu veux.

J + 99

Je ne sais plus où j'en suis avec Mathieu. J'ai atteint mes 48 kilos. Dans deux jours je serai partie. Je ne le verrai plus. À moins que je lui avoue qui je suis.

Je ne peux pas croire qu'il m'aime. Je ne peux pas. Même avec mon énorme pull. Il doit bien se rendre compte que je suis devenue une grosse vache qui ne peut inspirer que le dégoût.

D'après les courbes et les indices, je suis normale, mais j'ai des cuisses énormes. J'ai dû changer trois fois de taille de jean, je ne rentrais plus dedans.

Rachel, qui a grossi elle aussi, prétend qu'elle se sent bien dans sa peau maintenant. Je ne la crois pas. Elle fait tous les jours une heure de course à pied. C'est pour maigrir, j'en suis convaincue. Dès qu'elle quittera le centre, nous arrêterons l'une et l'autre de manger et tous les plans seront bons pour reperdre du poids.

J'ai peur. Peur de perdre Mathieu. Peur qu'on se moque de moi dans le quartier où j'habite. Peur que le soutien de mes parents ne suffise pas. J'ai même peur... de me retrouver toute seule dans cet appart dont j'ai tant rêvé.

Ma psy m'a donné son numéro de portable en cas de crise. Lorsque je serai sortie, si je veux, à n'importe quelle heure, elle a dit que je pouvais l'appeler. En fin de séance, il s'en est fallu d'un cheveu pour que je me mette à pleurer.

Je suis morte de peur. Peur de retomber dans l'enfer que j'ai vécu. Je suis mieux dans ma tête depuis que j'ai repris du poids. C'est dans mon nouveau corps maintenant que je me sens encore fragile. Je ne sais pas si je dois me détester ou m'aimer comme je suis. Est-ce vraiment moi qui habite ce nouveau corps ?

J + 100

Dernière journée complète au centre et dernière soirée à jouer et écouter de la guitare. Demain, à la même heure, je serai partie.

La vie est injuste. Si je n'avais pas inventé cette histoire de stage, si je lui avais dit que j'étais une « amochée aux bras comme des manches de balai et aux yeux de cadavre déterré », il m'aurait fuie. À présent, si je lui avoue la vérité, il me saura non seulement anorexique, mais aussi mythomane et menteuse.

Ça m'a aidée de me faire passer pour une autre, pour une fille normale. Maintenant, la vie se venge... il faut payer.

Comment aurais-je pu deviner que je tomberais amoureuse ?

Parce que oui... j'en ai la quasi-certitude maintenant, je l'aime, ce garçon amoureux de sa guitare. Je l'aime et, que je parle ou me taise, je vais le perdre.

J + 100 (suite)

Nous sommes le soir. Mathieu en est déjà à son septième morceau. Je l'observe, la peine dans l'âme. Sa musique est belle. S'il savait à quel point lui et son Isabelle vont me manquer. Vais-je partir sans rien dire, comme une voleuse... une voleuse de confiance et du rêve fou d'être aimée ?

– Mathieu, j'ai quelque chose à te dire.

– Je t'écoute, Marie.

Je sais que tu m'écoutes, Mathieu. Depuis le début, nous nous sommes écoutés. Moi, ta guitare ; et toi, mes silences.

– Mon stage est terminé. Je quitte le centre demain. On ne se verra...

Une sonnerie de téléphone m'interrompt. Mathieu se lève :

– Excuse-moi, je reviens dans une seconde.

Il passe dans la pièce à côté. Si je me décide à parler... ce sera lorsqu'il reviendra. Alors, avouer ou me taire ? Mathieu est doux. Il pourrait comprendre. Il pourrait accepter que je lui téléphone ou que je lui écrive de temps en temps.

Les minutes passent. Mathieu reste pendu au bout

du fil. Mon trouble intérieur grandit. Je m'empare avec nervosité d'un paquet de revues qui dépassent d'une table basse.

J'en saisis une au hasard. *Le Monde de la musique.* Dans ma situation, il y a mieux pour se détendre. Je passe à la suivante, je me retrouve le souffle coupé. Sur la couverture, une femme à la bouche pulpeuse exhibe, comme des trophées, ses seins énormes et nus.

J'ouvre, interloquée, et découvre à chaque page des filles lascives et provocantes. Me voilà en train de trembler. Ces corps étalés sur le papier n'ont rien à voir avec le mien qui revient de si loin, la manière de vivre et de penser de ces femmes visiblement non plus. J'ai tout à coup l'impression d'être revenue des années en arrière, lorsqu'à l'âge de sept ans j'ai surpris mon père en train de commettre l'adultère. Ces photographies ne sont-elles pas une facette de ce faux amour, cet amour sans don de soi à cause duquel je suis ici ? Que fait donc Mathieu avec ces amas de chairs et de rondeurs ? Où est la pudeur ? Où est l'élan qui porte et pousse à grandir ? Où est la pureté ? Lui, en apparence si sensible, est-ce là sa manière d'aimer ?

Jamais je ne pourrai me contenter de cela ! Jamais je ne serai comme ces femmes-là.

Mathieu déboule à si grands pas dans la chambre que je n'ai pas le temps de ranger la revue.

Je suis déçue, blessée.

– Désolé, c'était François, un copain du conservatoire. Je devais...

Il s'arrête en voyant ce que je tiens dans les mains.

Lentement, je pose la revue sur la table basse, ramasse ma guitare et me dirige vers la sortie.

– Marie, attends. Qu'est-ce qui te prend ? N'importe qui lit ces revues ! C'est en vente partout.

– Non, Mathieu. Pas n'importe qui et surtout... pas moi.

Je referme la porte. Mon cœur bat à cent à l'heure. Je regagne ma chambre à travers la nuit et m'effondre sur le lit. Mathieu n'est pas celui que j'attendais. Mes yeux brûlent, mais pas une larme ne coule.

Monde imparfait, monde de merde. J'en ai trop marre de souffrir.

C'est mourir que je veux... mourir.

J + 101

J'ai passé une nuit horrible. Au petit déjeuner, je n'avale rien. Tout le monde s'imagine que mes yeux sont rouges parce que je pars.

Rachel essaie de me consoler. Je l'envoie paître. Huez me propose une dernière rencontre avec ma psy.

Elle et moi parlons départ. En réalité, c'est surtout elle qui parle. Je me garde bien de lui avouer le retour en force de ma colère contre le monde et mes envies de mort. Elle sent bien que je cache quelque chose, mais ne devine pas quoi. Pourtant Mathieu est là, partout, et ma déception l'entoure. Pourquoi l'ai-je cru plus grand que les autres ? Pourquoi l'ai-je imaginé différent ? Pour retomber une fois encore ?

– Isabelle, se désespère ma psy, qu'est-ce qui se passe ? J'ai l'impression d'être revenue trois mois en arrière. Tu sais pourtant que nous sommes tous là pour t'aider. Dis quelque chose enfin, parle... Veux-tu rester au centre une semaine de plus ?

Une question me jaillit du cœur.

– Dites-moi simplement une chose. Pour un

garçon, est-ce normal de regarder des revues avec des femmes nues ?

Surprise, ma psy se redresse :

– Ta question est étrange. Je vais essayer d'y répondre de mon mieux. Disons que la normalité est parfois un pays aux frontières floues. Si ces revues indignent bon nombre de femmes, les hommes paraissent naturellement attirés par ce genre de presse. Cela, chez eux, n'aurait rien d'anormal. Cela leur permettrait de rêver.

Je n'ai jamais été à l'aise pour parler de sexualité. Je me débats contre mon embarras et parviens à demander :

– Vous voulez dire que ces images de femmes ne sont pas ce qu'ils désirent dans la réalité ?

– Voyons, Isabelle, ces filles elles-mêmes ne sont pas la réalité. Personne ne te demandera jamais de leur ressembler. Si tu veux voir de vraies femmes, c'est tout simple, regarde autour de toi ! Et surtout, regarde-toi !

J + 101 (suite)

Les discours de ma psy n'y changeront rien. Je crois à la fatalité. Je veux bien admettre que Mathieu n'est pas un anormal, mais si ça avait dû coller avec lui, je ne serais pas tombée sur ce magazine.

Non, si lui et moi avions été faits l'un pour l'autre, nous nous serions connus ailleurs, à l'académie de musique par exemple et, surtout, je n'aurais pas été anorexique. C'est à cause de tout ça que j'ai dû lui mentir. C'est à cause de tout ça qu'il ne pourra jamais m'aimer comme je suis. Comment pourrait-il me pardonner d'avoir menti ?

Le monde est un tas de fange et désormais, avec mes mensonges, j'en fais moi aussi partie. Le seul remède pour ceux qui en ont le courage est de tirer la chasse et de faire place nette.

Mes parents sont arrivés. Je dis au revoir à tout le monde. La voiture démarre.

Adieu le centre. Adieu Rachel. Des quatre amochées de départ, tu es la seule à avoir gagné.

Adieu Mathieu.

Adieu « Isabelle ».

Épilogue

Deux jours que je suis rentrée. Deux jours que j'ai repris ma vie, anormale. Le monde m'a trahie. J'ai mon appart. Mais je ne mange pas.

Je suis consciente de ficher quelque chose en l'air.

Mais ça ne suffit pas.

J'ai posé le numéro de portable de ma psy sur la table de ma petite cuisine.

Ça non plus ne suffit pas.

Hier, mon père et moi, nous nous sommes parlé. Avec un nœud dans la voix, pour la première fois de sa vie, il m'a dit qu'il m'aimait. J'ai frémi. Mais à cause de Mathieu, ça ne suffit pas, ça ne suffit plus.

Quant à ma mère, je lui ai demandé de ne pas m'appeler toutes les cinq minutes. Une fois par jour, ça suffit !

Je rentre d'une grande balade. Marcher fait perdre du poids, paraît-il. La ville est comme ma vie... triste et grise.

Tiens, que fait ce motard tout équipé sur le perron de mon immeuble ?

Il m'aperçoit et ôte son casque. Mon ventre et mon cœur tressaillent.

– Mathieu ?

Comment a-t-il pu me retrouver ?

Il approche :

– Je suis venu te demander pardon de t'avoir blessée, me dit-il.

Ses yeux, remplis d'un horizon que je croyais perdu... Je bafouille :

– Mon adresse, comment as-tu...

Ma voix s'éteint. Si Mathieu est ici, il sait que je ne suis pas Marie.

– Mon père est le directeur du centre. Je sais tout, depuis le début. J'ai inventé cette histoire de fils du gardien, j'avais peur de t'effaroucher.

Quelque chose frémit en moi. Une flammèche impossible qui brille au cœur d'un désert de cendres. Si Mathieu connaît la vérité et est malgré tout venu – ô mon cœur, ne t'emballe donc pas si vite, je manque de force pour te suivre –, se pourrait-il que...

Mathieu me dévisage et, doucement, me sourit, me sourit des lèvres, des yeux, me sourit tout entier comme personne ne l'a jamais fait.

– J'avais besoin de te revoir, murmure-t-il.

Alors que je veux lui demander pourquoi, il m'arrête d'un geste de la main et ajoute, de sa voix d'ange musicien :

– Je me fiche que tu ne t'appelles pas Marie. Je me fiche que tu ne sois pas stagiaire. Je suis venu pour ce que tu es au plus profond de toi, Isabelle.

Lourds silences. Plusieurs camions passent dans la rue et ébranlent tout sur leur passage, l'air et le monde, moi et mes certitudes.

Pour la première fois, Mathieu vient de m'appeler par mon vrai prénom. Le son de sa voix a coulé comme dans mon rêve, ce rêve où j'étais sa guitare et, me prenant dans ses bras, il me faisait vibrer.

Je n'ai rien mangé depuis deux jours. Je chancelle, bousculée par l'émotion. Mathieu me rattrape.

– Isabelle ! lance-t-il effrayé, je ne veux pas te perdre. Si je dois attendre que tu guérisses complètement, j'attendrai. Je t'attendrai le temps qu'il faudra.

Ses bras me soutiennent. Je demande :

– Comme un Indien sur son cheval ?

Une infinité d'instants se passe. Nos regards se mêlent, s'acceptent, s'épousent. Je clos les paupières et, toujours dans ses bras, me mets à pleurer.

– Isabelle...

– Ne t'inquiète pas, Mathieu, c'est juste mon cœur qui déborde. Je viens de comprendre quelque chose, quelque chose de gigantesque et d'incroyablement beau.

– Quoi donc ?

Avant de répondre, il me faut inspirer longtemps, tant ce que je viens de découvrir était caché profondément en moi.

– Personne n'est parfait et rien le sera jamais. Mais nos fragilités, nos défauts et nos fêlures n'empêchent pas l'amour de pouvoir exister. C'est l'amour qui relie l'âme au corps. C'est l'amour qui fait que l'on pardonne. C'est l'amour qui fait tenir debout.

Mathieu me serre contre lui, fort, si fort que j'en suffoque...

Lui aussi.

Il est comme moi en train de pleurer.

dans
la même
collection

Mouloud Akkouche,
Balle perdue

Francisco Arcis,
La Balade d'Elvis

Robert Bigot,
Le Cœur à la renverse

Julia Billet,
Alors, partir ?

Fabrice Colin,
Camelot

Yaël Hassan,
Léna et la vraie vie

Michel Le Bourhis,
Échancrure

Françoise Legendre,
Le Petit Bol de porcelaine bleue

Nicole Maymat,
Le Bon Dieu se cache dans un nuage

Claire Mazard,
L'Ile aux peintres

Marie-Sabine Roger,
Attention, fragiles

Isaac Bashevis Singer,
Le Golem

Murielle Szac,
La Grève

La photocomposition de cet ouvrage
a été réalisée par
Graphic Hainaut
59163 Condé-sur-l'Escaut

Achevé d'imprimer en février 2008
sur les presses de Rodesa en Espagne

Dépôt légal : mars 2008